의 도시

최 도 은 지음

소원나무

꺾   지

마   세   요

나무가 내는 비명을
들은 사람이 있을까

5

아 니 라 고

말　　해　　도

결국 네가 던진 말에
나는 다시 빨간 괴물이 되어 버렸다

숨　　　기

좁   은   방

마치 아무 일도 없었다는 듯
내 옆에 있는 식물처럼

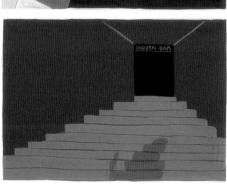

비   밀

증오와 혐담에 관해

묻고 싶었던 날

아, 안 돼!

채   팅

그는 내가 던진 이야기에

하루가 온전히 사라졌을 수도 있지 않을까

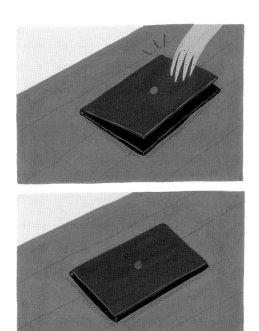

바 이 러 스

도시는 방관자다

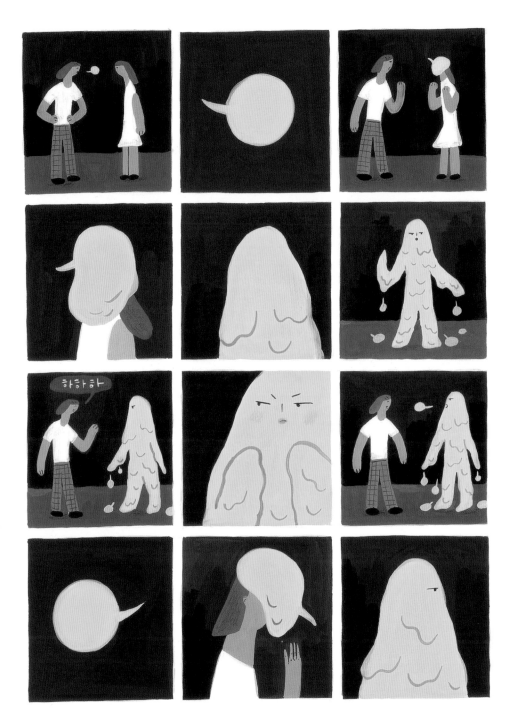

44

호　　　　　수　　　　의

전   설

호수에는 아무도 낚아 본 적 없는

전설의 물고기가 살고 있다

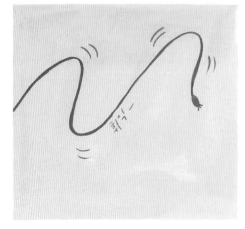

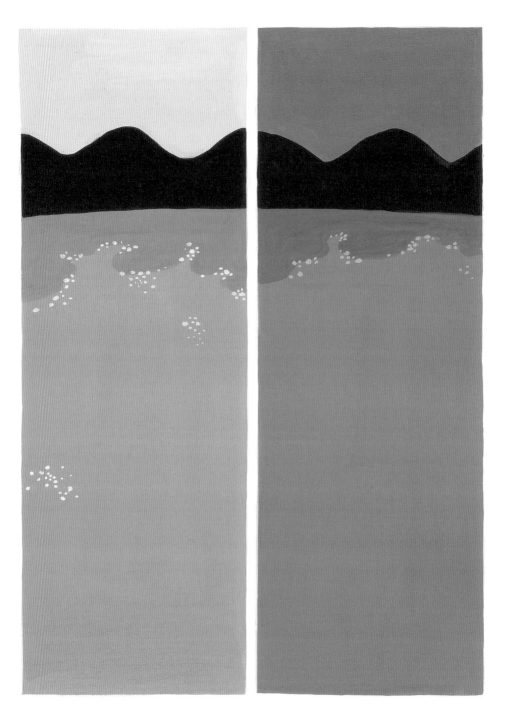

55

악   몽

언제나 반복되는 것이 있다면

그것은 악몽이다

60

돌　　　　의

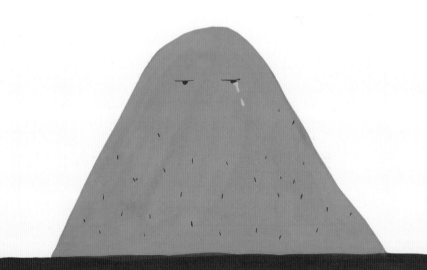

전   설

여기, 아무도 찾지 않는

돌이 있다

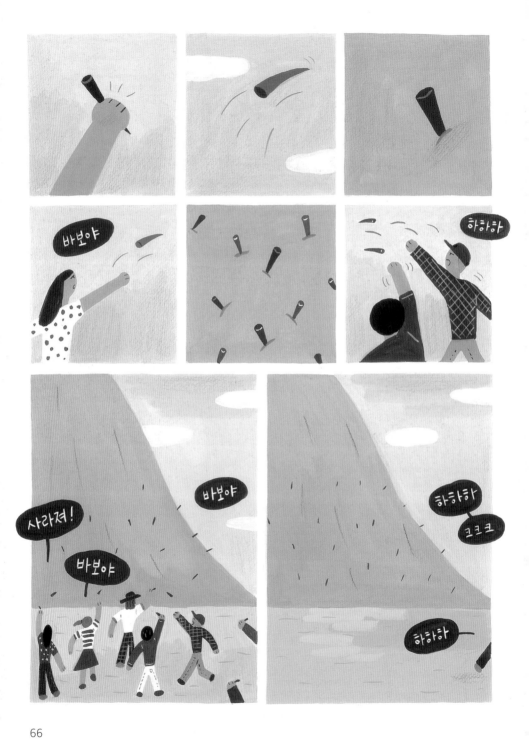

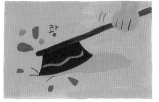

나   의

친 구 에 게

입고 왔던 코트와 모자, 신발은 여기에 두고
촛불에 의지한 채 배를 타고 나아간다

이제
떠날 시간 이야

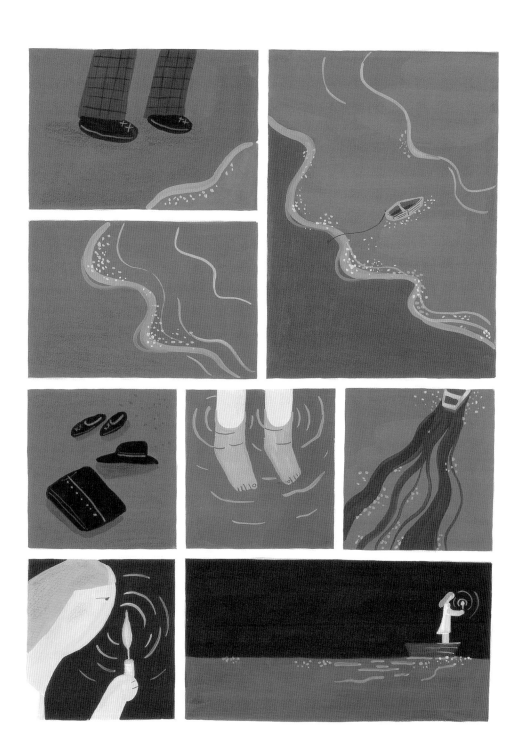

가　　　　면　　　　　의

세   계

"사람이 두려울 때가 있어요"

괜 　　 찬 　　 아

그림자는 말없이
괜찮다며 나를 안아 주었다

기다릴게

뭐가
잘못된 걸까?

야
옹

마　　법　　사　　의

구   슬

오늘 밤, 나의 도시에도
마법사가 찾아오길

100

101

103

꺾지 마세요

한밤 어둠의 그림자와
날카로운 비명소리

아침 산책을 하는 사람들 사이로
퍼지는 스산한 바람

공원을 걷다가
바람에 날아온 꽃잎에 홀려 나무에게 다가간다
"꺾지 마세요"
나무가 하는 말을 듣지 못한 채

(2쪽)

아니라고 말해도

하루 종일 맴도는 것들
네가 한 말

나를 보며 짓던 미묘한 미소
마치 나를 다 아는 것처럼
네가 던진 노란 말에 결국
괴물이 되어 버리는 날

아니라고 말해도
오늘은 노란색이거나
내일은 빨간색이 되는 하루

(10쪽)

숨기 좋은 방

식물이 무서운 얼굴을 하고 다가온다

어디로 숨어야 할까
아무리 도망가도
내가 있을 곳은 없다

얼굴들이 다가온다

(16쪽)

비밀

참았던 말들이 입 속에 차오른다
아무도 없는 곳에 묻어 둔
내 이야기들

어느 날은 비밀들이 꽃가루처럼
이곳저곳에서
알 수 없는
재채기를 만들지도 모른다

(28쪽)

채팅

나는 사라진다
아무도 모르게
나는 가볍게 사라진다
답이 없는 채팅창에서

몇 번의 손짓이면
우린 모두
가볍게 사라질 사람들
별일 아닌 듯
노트북을 덮듯이

(36쪽)

바이러스

모두 화가 나 있었다
누가 먼저라고 할 것 없이
서로를 괴물로 만들고 싶어 했다

마치 바이러스처럼
나를 지키려 해도
자꾸 퍼져 나가는
미움의 덩어리들 사이에서

나도, 또 다른 괴물이 되어 간다

(42쪽)

호수의 전설

그 호수에는
전설의 물고기가 살고 있지만
사람들은 알지 못한다
호수는 밤이 되면
자신이 삼킨 욕망의 덩어리를
뱉어 낸다는 것을

손에 힘을 주어
물고기를 낚는 순간
알게 되는 사실을

사람들은 영원히 모를 것이다

(48쪽)

악몽

꿈을 꾼다

아무리 도망쳐도

결국 다시 원점으로 돌아오는 꿈

또다시 반복되는 꿈

넓어지는 우주와

작은 상자 안에 갇힌

나를 닮은 사람들

모두 같은 꿈을 꾸는 걸까

(58쪽)

돌의 전설

나의 가시는
당신들이 만든 상처
나의 눈물은
상처가 만들어 낸 균열들

나를 잃어버린 나는
죽음의 호수 안에
나를 가두고
여기는 아무도 찾지 않는 곳
곧 사라질
당신들과 함께

(64쪽)

나의 친구에게

이제 떠날 시간이야

나를 감추고 있던 것들은
여기에 두고
나를 위해 준비해 둔
작은 돛단배를 타고
같은 곳을 바라보던 그곳으로
내가 늘 그리워하던 곳

별똥별이 떨어지는 밤에
같이 나눌 이야기들이
벌써 궁금해져

(74쪽)

가면의 세계

거울 앞에 한참을 서 있으면
무표정의 작은 고양이가 나타난다
나는 아직, 가면 안에서
스스로를 지키기도 힘든
작은 존재

어쩌면
도시의 밤은
작은 우리가 밝히는 빛으로
가득할지 모르겠다

(84쪽)

괜찮아

그날도 너는
나에게 말없이 '괜찮아' 하며
어깨를 토닥여 주었지

어느 시간이 오면
또 다른 나의 그림자가
슬며시 모습을 드러내
그렇게 위로받는 하루가 되기도 한다

(92쪽)

마법사의 구슬

여기는 열세 번째 도시의 작은 사막
그리고 마지막 밤
도시의 하늘은 밤마다
사람들이 뿌린 노란 구슬로 가득하다
슬픔, 불안, 미움이 가득한
노란색 구슬

나의 일은 간단하다
도시의 노란 구슬을 모아 태우는 것
여기는 열세 번째 도시의 작은 사막

그리고 마지막 밤
이 마지막 구슬을 태우고
또다시 피어나는 구슬을 찾아
떠난다

(98쪽)

겹겹의 도시

초판 1쇄 발행 | 2023년 04월 20일

지은이 | 최도은
책임편집 | 홍다휘   책임디자인 | 곽민이
편집 | 홍다휘 · 한은혜   디자인 | 권수정 · 곽민이
홍보마케팅 | 장현호   경영지원 | 유재곤
펴낸이 | 이미순   펴낸곳 | (주)소원나무
주소 | 경기도 고양시 덕양구 으뜸로 110 힐스테이트에코덕은 오피스 2동 603호
전화 | 031-812-2552   팩스 | 070-7610-2367
등록 | 제2021-000180호(2021.09.30)

ISBN 979-11-981457-5-8 03810

소원나무 는 한 권의 책 속에 우리의 꿈과 희망을 소중하게, 정성스럽게, 웅숭깊게 담아냅니다.